les CONTES *merveilleux*

Par

J. et W. GRIMM
C. PERRAULT
S. PROKOFIEV

Editions S.A.E.P.

BLANCHE NEIGE ET LES SEPT NAINS

Blanche-Neige était une jolie princesse à la peau blanche comme la neige, aux lèvres rouges comme le sang et aux cheveux noirs comme l'ébène. Mais quand Blanche-Neige est née, sa mère, la bonne reine mourut. Un an plus tard, le roi se remaria. La nouvelle reine, orgueilleuse et vaniteuse ne supportait pas l'idée qu'il puisse existe une femme plus belle qu'elle.

Elle possédait un miroir magique, auquel, chaque matin, elle demandait :
"Miroir de mes désirs, qui est la plus belle du royaume ?"
Le miroir répondait :
"Ma reine, dans tout le royaume, il n'y a aucune femme plus belle que toi !"
Cependant, Blanche-Neige grandissait, devenant plus belle. Et un matin, le miroir déclara :
"Maintenant, dans le royaume, il y a une jeune fille encore plus belle que toi : c'est Blanche-Neige, la fille du roi !"

A cette réponse, la reine fut bouleversée et devint livide de colère. Sa haine pour Blanche-Neige fut si grande qu'elle ne trouva plus le repos.
Elle fit venir un chasseur et lui ordonna : "Conduis Blanche-Neige loin du château et tue-la !"
Le pauvre homme conduisit Blanche-Neige dans les bois. Mais quand il prit son couteau pour la frapper, il manqua de courage et s'attendrit.

Très ému, il lui dit : "Cours, fuis, pauvre petite !"
Le fait de l'avoir épargné lui enlevait un grand poids sur le cœur. Pour prouver la mort de Blanche-Neige, le chasseur tua un putois dont il rapporta au château le foie et les poumons.
Blanche-Neige désespérée, marchait à travers les ronces et les épines lorsqu'elle aperçut enfin une toute petite maison.

Elle entra ; la table était petite, ainsi que les sept sièges, les sept assiettes, les sept verres et les sept couverts. Contre un mur étaient alignés sept lits. Blanche-Neige, qui avait très faim, prit dans chaque assiette un peu de nourriture et but une gorgée de vin des sept verres... Puis comme elle était très fatiguée, elle s'allongea en travers des sept lits et s'endormit !

Quand la nuit tomba, les maîtres de la maison arrivèrent : les sept nains qui travaillaient dans les mines d'or et de diamants. Quand ils virent la jeune fille, ils s'exclamèrent en chœur :

"Comme elle est jolie !"

Le lendemain matin, à son réveil, Blanche-Neige vit les sept nains et fut effrayée. Eux, par contre, lui sourirent et lui demandèrent : "Comment t'appelles-tu ?"
"Je m'appelle Blanche-Neige", répondit-elle.
"Comment es-tu arrivée dans notre maison ?", demandèrent-ils curieux.
Blanche-Neige raconta que la reine, sa marâtre, avait ordonné à un chasseur de la tuer, que celui-ci lui avait laissé la vie sauve, et que, par hasard, vers le soir, elle était arrivée à leur demeure.

Alors les sept nains lui dirent : "Pourquoi ne resterais-tu pas avec nous ? Tu pourrais t'occuper de notre maison, préparer les repas, faire les lits, laver, coudre et tenir la maison propre et bien rangée. Tu ne manqueras de rien et tu seras en sureté !"
"Je veux bien", répondit Blanche-Neige. Et elle resta avec eux.

Chaque matin, avant de partir travailler dans les mines à la recherche d'or et de diamants, les nains lui faisaient leurs recommandations :
"Méfie-toi de ta marâtre, bientôt elle saura que tu es ici ! N'ouvre à personne !"
Blanche-Neige promettait qu'elle ne laisserait entrer personne dans la maison et, restée seule, elle faisait le ménage, lavait, cousait. Le soir quand les nains rentraient, le repas était toujours prêt !

Mais comme les nains l'avaient prévu, la reine, qui était sûre d'être la plus belle, interrogea son miroir : "Miroir, miroir de mes désirs, qui est la plus belle du royaume ?"
Le miroir répondit :
"Sur tout le royaume brille comme une étoile une très belle jeune fille : c'est Blanche-Neige, la fille du roi qui vit heureuse dans la maison des sept nains dans les monts lointains."

La reine faillit s'étrangler de colère ! Comme le miroir ne pouvait pas mentir, elle se rendit compte que Blanche-Neige vivait encore. Alors elle chercha le moyen de se libérer d'elle. Elle s'enferma dans une pièce secrète et à l'aide d'une formule magique, fabriqua une belle pomme rouge et... empoisonnée. Celle qui mangerait une seule bouchée mourrait sur le champ.

La reine mit cette pomme dans un panier parmi d'autres pommes, elle se transforma en paysanne, traversa les bois, franchit les sept montagnes et frappa à la porte de la maison des sept nains.
Blanche-Neige regarda par la fenêtre et dit :
"Je ne peux ouvrir à personne !"
"Je suis si fatiguée, laisse-moi entrer pour me reposer" supplia la fausse paysanne.
Blanche-Neige eut pitié et lui ouvrit la porte. En remerciement, la vieille paysanne lui offrit une pomme.
"Je ne peux accepter !" dit Blanche-Neige.
La paysanne proposa alors :
"Coupons-la en deux moitiés !"

Bien entendu, comme seule la moitié rouge était empoisonnée, la paysanne mangea la moitié blanche. Blanche-Neige ne résista pas à la tentation et accepta la moitié rouge dont elle croqua un morceau.
Le soir, les nains la trouvèrent à terre, sans vie et cherchèrent en vain à la ranimer. Le cœur lourd, ils préparèrent un cerceuil de verre, y déposèrent Blanche-Neige et la portèrent dans les bois.
Un jour, un prince passa par là et il s'arrêta pour contempler Blanche-Neige. "Comme elle est belle !" s'exclama-t-il. "Qui est-ce ?"
"C'est la princesse Blanche-Neige", répondirent les nains.
"Donnez-moi ce cerceuil car je ne pourrai plus vivre loin de cette belle jeune fille. Je la garderai et je lui rendrai les honneurs que mérite la fille d'un roi."

Les nains, émus, y consentirent. Les serviteurs du Roi, qui transportaient Blanche-Neige, trébuchèrent. Le cerceuil tomba à terre. Sous le choc, le morceau de pomme empoisonné sortit de la bouche de Blanche-Neige. Elle ouvrit les yeux et vit le prince.
"Où suis-je ?" demanda-t-elle stupéfaite.
"Tu es en sécurité avec moi", dit le prince.
Puis il ajouta :
"Je veux t'épouser, accompagne-moi au château !"
Elle accepta avec joie. Les noces furent célébrées avec splendeur. Parmi les invités se trouvait la reine cruelle. Lorsqu'elle s'aperçut que l'épouse du prince n'était autre que Blanche-Neige, elle eut un tel accès de rage qu'elle en mourut.

HANSEL ET GRETEL

Près d'un grand bois, habitaient un pauvre bûcheron, sa femme et ses deux enfants. Le garçon s'appelait Hansel et la fille Gretel.
Un matin, ils partirent tous ensemble pour couper du bois. Le père dit aux enfants :
"Ramassez quelques brindilles !"
Hansel et Gretel commencèrent à chercher des branches sèches, mais sans s'en rendre compte, ils s'éloignèrent énormément de leurs parents et se perdirent dans les profondeurs des bois.

Ils marchèrent toute la journée sans retrouver le chemin de la maison.

Adelaide

Le moindre bruit les effrayait. De plus ils avaient très faim car ils n'avaient mangé que quelques fruits sauvages trouvés dans la forêt.
La nuit tomba et la lune apparut.
Hansel et Gretel étaient très fatigués, leurs jambes ne les portaient plus et ils tremblaient de peur. Ils s'allongèrent sous un arbre et s'endormirent.

Au lever du jour, ils furent réveillés par les petits animaux du bois et par les gazouillements d'un petit oiseau qui ouvrit ses ailes et vola devant eux.

Adelaide

Ils suivirent l'oiseau jusqu'à ce qu'il se pose sur une maisonnette. Les enfants s'approchèrent et virent que cette petite maison était faite de pain recouvert de chocolat et les fenêtres étaient en biscuit.
"Quelle faim ! mais nous pouvons manger !" s'exclama Hansel.

"Moi, je goûterai à la fenêtre", dit l'enfant en tendant le bras pour y arracher un morceau de chocolat. Gretel s'adossa à l'endroit où elle se trouvait et arracha un morceau qu'elle mangea avec plaisir.

Brusquement la porte s'ouvrit et une vieille femme, courbée, en sortit. Hansel et Gretel, effrayés, laissèrent tomber ce qu'ils avaient en main.
La vieille dit d'une voix rauque : "Entrez les enfants, je ne vous ferai aucun mal." Et les prenant par la main, elle les conduisit dans la maison. Elle faisait semblant d'être gentille, mais en réalité, elle était une méchante sorcière qui attirait les enfants dans sa maisonnette pour les manger.

La sorcière observa bien Hansel et pensa :
"Il sera un mets délicieux, mais pour l'instant, il est trop maigre, je dois bien le nourrir." Elle l'enferma dans une grosse cage.
Tous les matins, Hansel recevait de la nourriture délicieuse alors que Gretel se contentait de quelques morceaux de pain.
Le garçon enleva un os de poulet. La vieille qui était très myope criait :
"Tu dois manger tout !"

Comme Hansel ne grossissait pas, la sorcière perdit patience et décida : "Je tuerai Hansel et je le cuisinerai !"
Entendant ces paroles, la petite sœur, désespérée, éclata en sanglots.
"Il faut préparer le pain", dit la vieille, "Gretel, vérifie que le four est bien chaud !"
Gretel répondit : "Je suis incapable de juger !"
Alors la vieille s'avança vers le four en boitant. Gretel la poussa dans le four et referma la porte. La cruelle sorcière brûla.

Gretel se précipita pour libérer Hansel.
Les deux enfants s'embrassèrent de joie.
Ensuite, sans avoir peur, ils descendirent dans la cave de la sorcière où ils trouvèrent un grand coffre débordant de perles, de bijoux et de pierres précieuses.
"Quelles merveilles !" s'exclamèrent-ils.
Hansel remplit ses poches le plus qu'il pouvait alors que Gretel faisait un paquet.
"Maintenant, essayons de sortir du bois et rentrons !" dit Hansel.
Ils marchèrent quelques heures avant de rencontrer une rivière.
"Comment allons-nous faire pour traverser, il n'y a ni pont ni barque !" dit Hansel.
"Regarde : là, il y a un canard qui nage", dit Gretel, "Demandons lui de nous transporter de l'autre côté."

"Canard, petit canard !" implorèrent-ils.
Le canard alla à leur secours et les transporta sur l'autre rive.
Ils se retrouvèrent sur un sentier connu et en peu de temps ils furent à la maison. Ils se précipitèrent à l'intérieur en criant :
"Maman, papa... nous sommes là !"
Rassurés, les parents les embrassèrent. Ensuite, Gretel ouvrit le paquet et Hansel retourna ses poches : pierres précieuses, bijoux et perles tombèrent sur le sol. La famille ne connut plus la misère et tous vécurent heureux.

PIERRE ET LE LOUP

Petit Pierre et son grand-père habitaient dans une maison entourée d'un grand jardin limité par une clôture.

Tout près, un gros arbre poussait sur le bord d'une mare. Pas très loin s'étendait la forêt sombre et mystérieuse.

Un beau matin, Pierre ouvrit le portail et s'en alla sur le pré.

Un petit oiseau, l'ami de Petit Pierre, qui était perché sur l'arbre chantait : "Cip... cip... quelle belle journée !" Derrière Petit Pierre, un canard avançait en se dandinant, il fut tout content de sauter dans la mare. A peine l'oiseau eut-il aperçu le canard qu'il alla se poser près de lui pour le taquiner :
"Quelle race d'oiseau es-tu pour que tu ne saches pas voler ?", "Et toi, quelle race d'oiseau es-tu pour ne pas savoir nager ?"
Ils continuèrent à se chamailler durant un moment pendant que le canard nageait sur la mare et que l'oiseau survolait l'eau.

LIVIADE

Tout à coup, le chat s'approcha, marchant à pattes de velours. Il pensait :
"Je mangerais bien ce petit oiseau !"
Petit Pierre aperçut la scène et cria :
"Attention !"
Par chance, l'oiseau eut le temps d'aller se percher sur un arbre, pendant que le canard caquetait "Qua... qua..."
Le chat commença à tourner autour de l'arbre ne sachant que faire.

Tout à coup, le grand-père arriva très en colère et dit à Petit Pierre :
"C'est très dangereux de se promener sur le pré car dans la forêt toute proche se trouvent des loups féroces !"
Petit Pierre lui dit qu'il n'avait pas peur. Mais le grand-père le prenant par la main, le conduisit à la maison.
A peine l'enfant était-il rentré, qu'un gros loup gris et affamé apparut à l'orée de la forêt.

Le chat sauta sur l'arbre.
Le canard sortit de la mare, malgré tous ses efforts, il ne réussissait pas à courir plus vite que le loup qui le poursuivait. Celui-ci le rejoignit et l'avala d'une seule bouchée.
Le loup qui n'était pas rassasié commença à tourner autour de l'arbre. Il regardait avec des yeux avides le petit oiseau et le chat.
Petit Pierre qui avait observé la scène eut une idée.

Il courut prendre une corde, sortit de la maison, grimpa sur la clôture afin d'atteindre une branche d'arbre. Petit Pierre dit à l'oiseau :
"Volète autour du museau du loup, mais prends garde de ne pas te faire attraper !"
L'oiseau volait au-dessus de la tête du loup, qui toujours plus furieux n'arrivait pas à le saisir.

LIVIADE

Le loup ne s'était pas aperçu que Petit Pierre avait attaché un bout de la corde à l'arbre et l'autre à sa queue.
A ce moment, quelques chasseurs qui suivaient sa trace apparurent à la lisière de la forêt.
Du haut de l'arbre, Petit Pierre s'écria :
"L'oiseau et moi avons déjà capturé le loup ! Aidez-nous à l'emmener au zoo."
Et tous ensemble ils s'en allèrent.

Petit Pierre marchait à la tête de la troupe, les chasseurs et le loup venaient ensuite, suivis du grand-père et du chat.
Tout en grommelant, le grand-père disait au chef :
"Mais si Petit Pierre n'avait pas capturé le loup, comment tout cela se serait terminé ?"
Heureux, l'oiseau volait en chantonnant :
"Comme nous avons été braves !"
En écoutant attentivement, on pouvait entendre le canard qui faisait "Qua... qua..." dans le ventre du loup qui l'avait avalé vivant et entier.

LE CHAT BOTTE

Il était une fois un honnête meunier qui avait travaillé dur toute sa vie. A sa mort, il laissa en héritage à ses trois fils : son moulin, un âne et un chat. Le moulin revint à l'aîné, l'âne au second et le plus jeune n'eut rien d'autre que le chat.
Le garçon ne pouvait se consoler, il se lamentait :
"Avec le moulin et l'âne, mes frères pourront gagner honnêtement leur vie, mais pauvre de moi, quand j'aurai mangé le chat et que j'aurai fait un col avec sa fourrure, je devrai mourir de faim !"
Le chat l'avait écouté et n'avait pas du tout apprécié l'idée d'être transformé en pelisse, il lui dit d'un air grave et tranquille :
"Mon cher Maître, ne te désole pas, trouve moi un sac de toile solide, une paire de bottes et je te prouverai que je suis plus utile que tu ne le penses."
Le jeune garçon n'accorda pas un grand crédit aux paroles du chat, mais il le savait si rusé pour attraper les souris qu'il ne désespérait pas de voir la bête lui venir en aide.

Le chat obtint ce qu'il avait demandé, il mit les bottes, remplit le sac d'herbe et y fixa un long cordon. Puis il se rendit dans une contrée remplie de lapins de garenne. Il posa son sac, le laissa bien en vue et se cacha, attendant qu'un petit lapin ignorant pénètre dans le sac. Bientôt un lapin étourdi commença à manger. Le chat, rapide comme l'éclair, tira le cordon du sac et le tint prisonnier.

Tout fier, le chat se dirigea vers le château du Roi.
"Je veux parler au Roi", demanda-t-il au garde.
Il fut introduit auprès de sa majesté. Il fit une révérence et dit :
"Mon Maître, le Marquis de Carabas (nom qu'il avait donné au fils du meunier), offre à votre majesté ce lapin de garenne capturé sur sa réserve.
"Dis à ton Maître que je le remercie", répondit le Roi.

Une autre fois, le chat se cacha dans un champ de blé et réussit à capturer deux belles perdrix qu'il se dépêcha de porter au Roi.
"Sire, je vous porte deux perdrix que le Marquis de Carabas a capturées pour vous."
Le Roi accepta avec plaisir. De temps en temps, le chat apportait à la cour de l'excellent gibier et affirmait chaque fois qu'il provenait de la réserve de chasse, de la forêt ou des cultures du Marquis de Carabas.
En échange, il recevait des récompenses qu'il remettait à son maître.

Un jour, il entendit deux serviteurs qui disaient :
"Demain, le Roi et la princesse vont faire une promenade le long de la rivière."
Vite, il alerta son Maître :
"Si tu suis mon conseil, ta fortune sera faite : tu iras à la rivière et tu prendras un bain, là où je te le dirai. Je m'occupe du reste."
Le prétendu Marquis de Carabas suivit ce conseil, sans même savoir à quoi cela devait servir.

Le jour suivant, pendant que le jeune homme prenait son bain, le Roi passa. Alors le chat cria de toutes ses forces : "Au secours, mon Maître se noie !"
A ces cris, le Roi regarda par la fenêtre de son carrosse et reconnut le chat. Il ordonna :
"Arrête cocher ! Garde, descends pour sauver le Marquis de Carabas."

Pendant le sauvetage du Marquis, le chat s'avança vers le carrosse du Roi et dit : "Merci majesté ! Le Marquis a été poussé à l'eau par deux voleurs qui lui ont dérobé ses vêtements."
En réalité le chat les avait cachés sous une grosse pierre. Le Roi envoya chercher le plus bel habit de sa garde robe. Le jeune Marquis endossa le vêtement du Roi et se dirigea vers le carosse pour remercier. Le Roi l'invita à monter près de lui pour poursuivre ensemble la promenade.

Le chat courut alors en avant. Lorsqu'il vit des paysans dans un pré, il leur dit : "Prenez garde, si vous ne dites pas que ces terres appartiennent au Marquis de Carabas, vous serez punis."
Peu après, le carrosse arriva. "A qui appartiennent ces terres ?", demanda le Roi.
"Elles sont au seigneur, Marquis de Carabas", répondirent en chœur les paysans.
Le Roi admiratif se tourna vers le jeune homme :
"Vous avez une bien belle propriété, Marquis !"

Pendant ce temps, le chat ouvrait la route. Aux moissonneurs, aux bergers, aux vignerons, à tous il recommandait :
"Si vous ne dites pas que ces terres appartiennent au Marquis de Carabas, il vous réduira en chair à pâté !"
Chaque fois que le Roi demandait à qui étaient ces champs de blé, ces vignes, ces troupeaux, chacun lui répondait toujours :
"Au seigneur, Marquis de Carabas."
L'estime du Roi pour ce gentilhomme grandissait de lieue en lieue.

Le chat arriva à un château qui appartenait à l'ogre le plus riche : toutes les terres que le Roi avait traversées dépendaient de lui.
Le chat s'annonça : "Je suis le chat du Marquis de Carabas !" L'ogre le reçut et le chat lui dit : "On m'a assuré que vous avez le don de vous transformer en l'animal de votre choix. Je me demande si ces rumeurs sont vraies."

"Certainement ! Je peux me transformer comme je veux !", répondit l'ogre. Et pour t'en donner la preuve, je vais devenir lion.
Et en un éclair, l'ogre se transforma en un énorme lion. Le chat en fut si effrayé qu'il se blottit sous un abri car ses bottes le gênaient pour monter sur les toits.

Quand l'ogre reprit son premier aspect, le chat reconnut qu'il avait éprouvé une grande peur puis il ajouta :
"Pour vous qui êtes grand, vous transformer en lion est chose facile, mais il me semble impossible que vous puissiez prendre la forme d'un animal beaucoup plus petit, comme une souris par exemple !"
"Impossible ?", rugit l'ogre, "Tu vas voir !"
Et il se transforma en souris qui courut à travers toute la pièce.

Vif comme l'éclair, le chat bondit sur la souris et la dévora.
Ayant ainsi éliminé l'ogre, le chat passa dans le château et annonça :
"L'ogre est mort ! Le nouveau Maître est le Marquis de Carabas. Préparez-vous à recevoir le Marquis et sa majesté le Roi !"

Le carrosse royal arriva au château ; le chat se précipita :
"Majesté, bienvenue dans le château du Marquis de Carabas !"
Le Roi pâlit et s'exclama :
"Comment, Marquis, ce château est à vous ? Quelle belle cour ! Quelles grandes tours ! Entrons, s'il vous plait !"

Le Marquis offrit son bras à la princesse et suivant le Roi, ils entrèrent dans le salon où l'ogre avait fait préparer un somptueux repas pour des amis qui devaient lui rendre visite. Des amis qui n'osèrent pas entrer lorsqu'ils surent que le Roi se trouvait là.

Le Roi fut conquis par les bonnes manières et les énormes richesses du Marquis. Déjà, la comtesse était tombée amoureuse. A la fin du banquet, le Roi, fort gai, proposa :
"Cher Marquis, je vous offre la main de ma fille !"
Le Marquis, fit une grande révérence, accepta ce grand honneur et épousa la belle princesse le jour même.

Le chat qui avait provoqué tant de fortune par ses ruses, devint un grand seigneur qui chassait les souris uniquement pour le plaisir.

LE PETIT POUCET

Il était une fois, à la lisière d'un bois, une cabane où habitaient un bûcheron, son épouse et ses sept fils. L'aîné avait dix ans, le plus jeune en avait sept. Le dernier était si petit, il n'était pas plus haut qu'un pouce, qu'on l'appela le Petit Poucet.
Ce petit garçon qui paraissait très fragile, ne parlait pas beaucoup, mais il était le plus rusé de tous et il écoutait tout ce qui se disait.

Cette année là, survint une terrible famine. Un soir, le bûcheron, le cœur serré par la détresse, dit à sa femme :
"Nous n'avons plus de provisions, nous ne pouvons plus nourrir nos enfants ; demain matin, je les conduirai dans les bois où je les abandonnerai ! Que le destin leur vienne en aide !"
"Oh !" s'exclama la femme desespérée, "Serais-tu capable d'une telle cruauté ?" Mais finalement, elle se résigna.
Le Petit Poucet, dissimulé sous le tabouret de son père, avait tout entendu sans être vu.

Il retourna se coucher, mais ne ferma pas les yeux de la nuit, pensant à ce qu'il pouvait faire. A l'aube, il se rendit au ruisseau, remplit ses poches de pierres blanches, puis rentra.
Toute la famille se dirigea vers la forêt profonde, chacun se mit au travail. Pendant que les enfants étaient occupés à ramasser des branches sèches, le père et la mère s'éloignèrent furtivement et s'en allèrent par un sentier caché.

Quand le soir tomba et qu'ils s'aperçurent qu'ils étaient seuls, les enfants se mirent à pleurer et à appeler :
"Au secours ! Maman ! Papa ! Nous sommes perdus !"
Mais le Petit Poucet avait semé une à une tout au long du chemin les pierres qu'il avait dans ses poches, il s'exclama :
"Faites-moi confiance, suivez-moi !"
Et ainsi, il retrouva le chemin qui menait à la maison.
Mais avant d'entrer, ils écoutèrent ce que disaient les parents.

Le papa avait reçu dix écus en paiement de la livraison de troncs d'arbres. La maman se lamentait : "Que font nos enfants ? Le loup a dû les manger !"
En l'entendant, les enfants crièrent en chœur :
"Nous sommes là !" et ils entrèrent.
La maman les embrassa, elle était rassurée. Ils parlaient tous en même temps pour raconter leur grande peur au milieu de la forêt.

La joie de la famille ne dura pas longtemps. A nouveau, le bûcheron pensa abandonner ses enfants, plus loin encore dans la forêt. Mais ils en parlèrent à voix basse et le Petit Poucet ne les entendit pas. Le matin, il n'avait pas eu le temps d'aller ramasser des pierres blanches. La maman distribua à chacun un morceau de pain et le Petit Poucet sema des miettes sur tout le parcours.

Les parents abandonnèrent leurs enfants à l'endroit le plus reculé et le plus sombre de la forêt. Le Petit Poucet ne s'inquiétait pas, pensant retrouver son chemin. Mais il s'aperçut avec stupeur que les oiseaux avaient mangé toutes les miettes.
Les enfants, désespérés, commencèrent à sangloter car la nuit était venue et un violent orage éclata. Ils étaient trempés.
Seul le Petit Poucet garda son sang froid. Il grimpa à la cime d'un arbre et, de là, distingua une très faible lueur qui brillait au loin.

"Suivez-moi !", dit le Petit Poucet.
Sous la tempête, les sept frères se dirigèrent vers la lisière de la forêt et arrivèrent finalement à la maison d'où venait la lueur. Ils frappèrent à la porte. Une dame vint ouvrir et demanda :
"Qui êtes-vous ?"
"Nous sommes sept frères égarés, donnez-nous un endroit pour dormir, s'il vous plait !"
"Fuyez vite, c'est ici la maison de l'ogre, s'il vous voit, il vous mangera !"

"Madame, dans la forêt, le loup nous mangera ; si vous nous laissez entrer, peut-être que l'ogre aura pitié de nous."
Elle pensa qu'elle pourrait les cacher jusqu'au lendemain, elle les fit avancer près de la cheminée pour qu'ils se réchauffent.

Tout à coup, trois coups ébranlèrent la porte : l'ogre rentrait.
"Vite, cachez-vous sous le lit", s'exclama la femme de l'ogre, puis elle alla ouvrir.
"Mon dîner est-il prêt ?" hurla une grosse voix.
"Bien sûr, un mouton entier cuit sur le fourneau."
L'ogre s'attabla et se mit à dévorer son dîner. Tout en mangeant, il renifla :
"Je sens de la chair fraîche !", dit-il.

L'ogre regardant la femme d'un air menaçant reprit : "Je sens une odeur de chair fraîche !" Il se dirigea vers le lit, vit les enfants et hurla :
"Ah ! Vilaine menteuse ! Tu voulais me tromper !" Il sortit les sept frères de leur cachette. Ceux-ci implorèrent pitié à genoux.
L'ogre pensait : "Ils feront un plat délicieux."
Sa femme le suppliait : "Il est tard, et ils sont si maigres, attends jusqu'à demain."
"Fais-les bien manger pour qu'ils grossissent et couche-les !"

La brave femme prépara un délicieux repas, mais les sept frères épouvantés, n'osèrent y toucher. Elle leur mit un bonnet à chacun, les coucha dans un grand lit, les borda puis les laissa dormir. Le Petit Poucet craignait que l'ogre les tue pendant la nuit.
L'ogre avait aussi sept garçons qui n'étaient pas encore bien mauvais. Ils dormaient tous les sept dans un autre grand lit et chacun d'eux portait une petite couronne sur la tête.
Le Petit Poucet échangea les bonnets de ses frères et le sien contre les couronnes des sept petits ogres.

Comme le Petit Poucet l'avait prévu, l'ogre sauta du lit, saisit son couteau et monta à tâtons dans la chambre où dormaient ses sept enfants et les sept frères.
De la main, il toucha la tête du Petit Poucet et de ses frères, mais sentant les couronnes d'or, l'ogre fit un bond en arrière et se dirigea vers l'autre lit. Ne se rendant pas compte de la supercherie, sans hésiter, il trancha la gorge de ses sept fils et retourna se coucher.

Le Petit Poucet entendit l'ogre ronfler bruyamment, il réveilla ses frères et leur dit de s'habiller et de le suivre.
Sans faire de bruit, les enfants descendirent, enjambèrent le mur d'enceinte et coururent, coururent toute la matinée, sans savoir où aller.
L'ogresse, qui n'était au courant de rien, monta dans la chambre et trouva ses sept fils inertes, et sans vie.
La pauvre femme s'évanouit.
L'ogre monta à son tour et fut pétrifié d'horreur devant ce spectacle. "Ah ! Qu'ai-je fait ? Ces malheureux me le paieront !"
Il chaussa ses bottes de sept lieues et s'élança à la poursuite des sept frères.
Il commença à courir dans tous les sens, il sautait les montagnes, traversait les rivières.

Finalement, il suivit le sentier emprunté par les sept frères. Ils ne se trouvaient plus qu'à cent pas de la maison de leurs parents, quand ils aperçurent l'ogre qui arrivait. Le Petit Poucet remarqua une caverne toute proche.
"Allons vite nous cacher dans cette grotte", leur lança-t-il.
L'ogre, fatigué de tout le chemin qu'il avait parcouru, s'allongea sur un pré, non loin de la grotte, et ne tarda pas à s'endormir en ronflant bruyamment.
Le Petit Poucet recommanda à ses frères :
"La maison de nos parents n'est pas loin, dépêchez-vous d'y parvenir et ne vous faites pas de soucis pour moi."
Quand ses frères furent en sécurité, le Petit Poucet s'approcha de l'ogre et lui enleva ses bottes et ses chaussettes.

Les bottes avaient été conçues pour s'adapter aux pieds de celui qui les chaussait ; ainsi le Petit Poucet eut pu croire qu'elles avaient été faites à ses mesures. Il courut droit à la maison de l'ogre et y trouva l'ogresse très éprouvée. Il lui dit :
"Votre mari court un grave danger ! Il a été fait prisonnier par une bande de brigands qui vont le tuer s'il ne leur donne pas toutes ses richesses."
La brave femme, apeurée, lui remit immédiatement tout ce qu'elle possédait.
Le Petit Poucet, chargé de toutes ces richesses, rentra à la maison paternelle où il fut accueilli avec une grande joie.

Enfin, le Petit Poucet courut à la cour du Roi auquel il proposa ses services. Grâce à ses bottes de sept lieues, il portait très rapidement les dépêches, suscitant l'admiration générale. En récompense, il fut nommé "Messager de la cour". Ainsi il gagna beaucoup d'argent qui lui permit d'assurer une vie aisée à ses parents et à ses frères.

LE PETIT CHAPERON ROUGE

Il était une fois, une petite fille qui était la plus belle et la plus gracieuse que l'on ait vue, que tout le monde appelait le Petit Chaperon Rouge car elle portait toujours, été comme hiver, un petit manteau avec le capuchon rouge.
Un jour, la maman qui avait préparé de bonnes galettes appela sa fille et lui dit :
"Grand-mère est malade, va lui rendre visite et porte-lui ces gâteaux."
"J'irai tout de suite, maman ; je prendrai le sentier du bois pour arriver plus vite."
La maman prudente suggéra :
"Tu ferais mieux de prendre la grande route. Mais si tu passes par le bois, ne t'arrête pas en chemin, pas même pour cueillir des fleurs."
L'enfant promit et s'en alla par le bois.

Le jour était clair et serein, les petits oiseaux gazouillaient joyeusement.
Le Petit Chaperon Rouge suivait le sentier quand tout à coup, un loup énorme, qui avait un formidable appétit, sortit d'un buisson.
Le loup aurait volontiers dévoré le corps tendre de la fillette mais par prudence il se retint car les coups des bûcherons résonnaient. Et les oiseaux du bois auraient fait un tel tapage qu'ils auraient alerté tout le monde.

Le loup s'approcha du Petit Chaperon Rouge et
demanda d'un air gentil :
"Où vas-tu belle enfant ?"
"Je vais chez ma grand-mère qui est malade", répondit-elle.
"Porte-lui des fleurs, tu verras comme elle sera contente", suggéra le loup.
"C'est une bonne idée", pensa le Chaperon Rouge qui s'arrêta pour composer un bouquet.

Pendant ce temps, le loup courut à la maison de la grand-mère, frappa et imitant la voix de la fillette dit : "Je suis ta petite fille !"

La petite vieille qui était alitée répondit :
"Bonjour mon enfant, tire le verrou et la porte s'ouvrira."
C'est ce que fit le loup et, la porte grande ouverte, il se rua sur la pauvre grand-mère et l'avala en un clin d'œil. Puis il enfila les vêtements et le bonnet de la vieille dame, s'allongea sous les draps et attendit.

Peu après arriva le Petit Chaperon Rouge qui frappa à la porte :
"Toc, toc !"
"Qui est là ?" grommela une voix rauque.
"Je suis le Petit Chaperon Rouge", et songeuse, elle ajouta :
"Quelle voix étrange tu as, grand-mère !"
"C'est que je suis très enrouée" répondit le loup qui ajouta :
"Entre ; tire le verrou et la porte s'ouvrira."

Le Petit Chaperon Rouge entra dans la maison et s'approcha du lit où était couchée la grand-mère. Le bonnet dépassait à peine de la couverture de façon à cacher le museau et les crocs. La fillette, surprise par l'étrange aspect de la grand-mère s'exclama :
"Oh ! Grand-mère comme tes bras sont longs !"
"C'est pour mieux t'embrasser mon enfant !"
"Oh ! Grand-mère que tu as de grandes oreilles !"
"C'est pour mieux t'écouter mon enfant !"
"Oh ! Grand-mère que tes yeux sont grands et rouges !"
"C'est pour mieux te voir mon enfant !"
"Oh ! Grand-mère que tu as de grandes dents !"
"C'est pour mieux te manger !" gronda le loup, qui sauta hors du lit et avala la fillette d'une seule bouchée.
Rassasié, le loup se remit au lit et s'endormit.

C'est alors qu'un chasseur passa par là. Comme d'habitude, il s'approche de la maison pour saluer la grand-mère. Il y entendit un ronflement insolite et pensa : "Je dois jeter un coup d'œil, il y a quelque chose d'anormal."
Il pénétra dans la maison, s'approcha du lit où le loup dormait profondément. Le chasseur s'écria :
"Sale bête, tu vas avoir affaire à moi !"
Il empoigna son couteau et ouvrit le ventre du loup.

Le Petit Chaperon Rouge et la grand-mère sortirent du ventre en parfaite santé. Tous étaient heureux de même que les petits oiseaux de la forêt qui gazouillaient joyeusement.

LE ROI LAPIN

Dans la région de Scozia, tous étaient désolés : le Roi soupirait, la reine s'enfermait dans sa chambre et refusait la nourriture ; les courtisans étaient tristes et découragés, ils erraient dans les vastes salles du palais. La cause de ce grand désespoir, était l'absence d'un héritier du trône. Depuis des années, tous étaient dans l'attente de la naissance d'un petit prince. Que deviendra le royaume s'il n'y a pas d'héritier ? se demandaient préoccupés les conseillers du Roi. Le pauvre souverain ne savait que faire pour résoudre ce problème.

A la fin, il décida d'inviter tous les jeunes nobles du royaume. Qu'ils se présentent le dimanche pour être soumis à trois épreuves. Le vainqueur de ces trois épreuves deviendra le prince héritier.

Les messagers du Roi partirent de suite annoncer la nouvelle dans tous les villages du royaume.

Le Roi était assis sur le trône et les concurrents commencèrent à défiler en cortège. Le prince Camille, cousin du Roi, marchait avec assurance. Le dernier concurrent était un gracieux lapin blanc qui avançait avec dignité. La foule regardait, stupéfaite.
Le grand chancelier lança un coup de pied vers l'animal afin de le chasser, mais celui-ci dit :
"C'est inutile de chercher à m'éloigner, moi aussi, j'ai le droit de participer. J'ai vingt ans et je suis un lapin de noble race. Je prétends participer aux trois épreuves."
Le Roi fut convaincu, il déclara :
"Lui aussi peut prendre part à la compétition !"

Andrea '91

La première épreuve était une course de vitesse. Le Roi donna le départ : les concurrents démarèrent très vite sous les encouragements du public.
Camille et le lapin se séparèrent rapidement des autres. A proximité de la ligne d'arrivée, le lapin ne ralentissait pas sa course : il faisait de grands bonds. Aussi arriva-t-il le premier.

La seconde épreuve consistait en un duel à l'épée. Le Roi décida que seuls Camille et le petit lapin étaient des concurrents valeureux et que les autres ne participeraient plus au concours.
Le prince, faisant tournoyer son épée, s'élança sur son adversaire afin de le toucher, mais le lapin le blessa le premier.

Le prince tomba à terre en poussant un cri de douleur.
La foule applaudit chaleureusement le vainqueur.

Le lapin avait pris un énorme avantage. Le Roi, pourtant, trouvait inacceptable qu'une bête puisse s'asseoir sur le trône de la famille. Il demanda donc que soit organisée la troisième épreuve.
Elle consistait en un examen de connaissances. Les savants du royaume posèrent des questions en tous genres à Camille et à son rival. Mais pendant que l'élégant et vaniteux prince restait muet, incapable de répondre, le lapin montra une vaste culture et une intelligence brillante.

A nouveau le peuple applaudit avec enthousiasme le grand vainqueur. Si bien qu'à contrecœur, le Roi se vit contraint de proclamer les résultats : le lapin blanc qui avait fait preuve d'une grande supériorité sur ses rivaux devenait héritier du trône de Scozia.

Alors un formidable éclair secoua la terre et un nuage noir entoura le lapin, le dissimulant aux regards des présents.
Puis le nuage se dissipa, et à la place du lapin, apparut un beau jeune homme qui s'inclina avec grâce devant le souverain.

"Je suis le prince Silvio, parent au second degré du Roi d'Angleterre ; un magicien m'avait transformé en lapin, me contraignant à vivre sous cet aspect jusqu'à ce que votre majesté me nomme son successeur", dit-il. Alors, dans tout le royaume, furent organisées des fêtes grandioses en l'honneur du jeune prince. Quand le Roi mourut, le prince Silvio lui succéda sous le nom de Roi Lapin I.

CENDRILLON

Un riche marchand, devenu veuf, se remaria avec une femme vaniteuse et arrogante. Elle avait deux filles qui avaient hérité de son mauvais caractère. Le marchand, lui aussi, avait une fille aimable et bonne, sans aucun point commun avec ses demi-sœurs.
Profitant de l'absence du père, la marâtre et ses filles commencèrent à la maltraîter et l'obligèrent à faire les gros travaux. Elles lui dirent :
"A partir d'aujourd'hui, tu seras notre domestique." Dès l'aube, elle allait puiser l'eau au puits, balayait, lavait, cuisinait.
Le soir, elle allait s'asseoir devant la cheminée, près du feu et comme elle était toujours couverte de cendres, par dérision, on l'appela Cendrillon.

Un jour, un envoyé du Roi, parcourant les rues de la ville, annonça :
"Le prince, fils du Roi, donnera un grand bal à la cour. Il ordonne que toutes les jeunes filles y participent. Le prince choisira parmi les plus belles, celle qu'il épousera."
A cette nouvelle, la mère dit à ses deux filles :
"C'est une occasion à ne pas manquer, vous devez être très élégantes à cette fête !"

Le soir du grand bal, une grande agitation animait la maison de Cendrillon. Toutes trois la commandaient. Cendrillon courait d'un bout à l'autre de la maison pour satisfaire ses demi-sœurs. Quand, finalement, les trois femmes furent prêtes, elles se rendirent au château.

Cendrillon se retrouva seule, elle s'assit près de la cheminée et s'endormit.
Tout à coup une fée apparut. "Cendrillon, réveille-toi, veux-tu aller au bal ?"

Cendrillon répondit en rougissant :
"Cela me ferait grand plaisir, mais je n'ai ni vêtement, ni carrosse."
"Je t'aiderai. Va dans le potager, cueille la plus grosse citrouille, attrape deux lézards dans le jardin et six souris dans la cave et apporte-moi tout cela !" Cendrillon obéit. D'un coup de baguette magique la citrouille devint un superbe carrosse, les souris : six magnifiques chevaux blancs à la longue crinière, les lézards : deux élégants valets. La fée prit le chat et le transforma en un cocher aux imposantes moustaches.

"Dois-je y aller ainsi vêtue ?"
D'un coup de baguette, les haillons de Cendrillon devinrent une merveilleuse robe cousue d'or, alors que ses sabots se transformèrent en chaussures de vair.
"Oh ! Que c'est beau !" s'exclama Cendrillon.

La fée lui fit une recommandation :
"Va à la fête, amuse-toi, mais à minuit très exactement, tu devras être de retour, car le charme s'arrêtera." Puis la fée disparut.
Cendrillon monta dans le carrosse ; les six chevaux blancs semblaient avoir des ailes, car ils arrivèrent au palais en un instant.
La salle du bal était immense et éclairée de mille lumières. Quand Cendrillon entra, on entendit un murmure : "Comme elle est belle !"

Le prince invita immédiatement la belle inconnue pour une danse.
"Dites-moi votre nom ?", implora-t-il.
"Altesse, je ne puis vous répondre" répondit Cendrillon.
Elle dansait avec une telle grâce que l'émerveillement des invités grandit encore.
Tout à coup, en entendant sonner les douze coups de minuit à l'horloge, Cendrillon s'écria :
"Il est tard, je dois partir !" et elle s'enfuit.
Le prince tenta de la suivre, mais en vain ; il ramassa seulement une pantoufle de vair, que dans sa hâte, la jeune fille avait perdue
en fuyant.

Un envoyé du Roi annonça dans toutes les maisons :
"Celle qui réussira à enfiler la pantoufle de vair deviendra l'épouse du prince. Ainsi en a décidé le Roi."
Tous les efforts des filles furent vains car leurs pieds étaient trop grands.
Le gentilhomme aperçut Cendrillon et l'appela :
"Je dois faire essayer la pantoufle, à vous aussi !"
Les demi-sœurs et la marâtre se moquèrent :
"Mais c'est notre domestique !"
"L'ordre du Roi est catégorique, toutes les jeunes filles du royaume doivent l'essayer !"
Cendrillon s'avança, son pied entrait parfaitement dans la pantoufle.

Les pages du Roi l'invitèrent à se rendre au château où le prince la trouva encore plus belle que jamais. Les noces furent célébrées quelques jours plus tard. Cendrillon pardonna leur méchanceté à ses demi-sœurs, elle les invita au palais et les maria à deux gentilshommes de la cour. Et tous vécurent heureux pendant plus de cent ans.

TABLE DES MATIERES

Loi 49-956 du 16 juillet 1949 sur les Publications destinées à la Jeunesse

Dépôt légal 4e trimestre 1991 - Imp. n° 1 920 - ISBN 2-7372-7131-2

Imprimé en C.E.E.